Ye

2069

ODE

A SA MAJESTÉ I. ET R.

NAPOLÉON LE GRAND,

A L'OCCASION DE SON MARIAGE;

Suivie d'une petite Pièce intitulée :

LES MUSES ET MOI.

PAR M. R. E. H. BOISBERTRAND, ancien Maréchal de Camp.

A PARIS,
DE L'IMPRIMERIE DE LA COMPAGNIE DES NOTAIRES.
1810.

ODE

A SA MAJESTÉ

L'EMPEREUR DES FRANÇAIS,

A l'occasion de son Mariage.

A ce mortel épris d'une immortelle gloire,
Dont les temps ne pourront qu'illustrer la mémoire,
Muse, prodigues tes concerts.
Par un noble zèle enflammée,
Viens, du bruit de sa renommée,
Faire au loin retentir les airs.

C'est lui, c'est ce Héros, qui des bords de la Seine,
Jusque dans ces climats voisins du Boristhène,
Marcha sous l'ombre des lauriers:
Et qui, comme un géant superbe,
Voit près de lui ramper dans l'herbe
Et ses rivaux et leurs guerriers.

C'est lui qu'a vu le Tibre asservir ses rivages.
De l'Ebre il a dompté les rebelles parages.
Témoin de ses heureux efforts,
Le Jourdain atteste sa gloire,
Et le Nil à peine ose croire
Aux miracles faits sur ses bords.

Mais, qui trouble mes chants? quelle voix imposante,
Par d'invincibles sons rend ma lyre impuissante?
Ah! que dis-je! vaine frayeur!
C'est toi, divine Renommée,
Qui, par lui sans cesse animée,
Redoubles encore mon ardeur.

Que la haine, ô mortels, dans vos cœurs soit éteinte;
Janus au double front a vu fermer l'enceinte
Où fumoit un coupable encens.
Des discordes et de la guerre
Un Héros ami de la terre
Appaise les feux menaçants.

Au plus fort des dangers signalant son courage,
Si de tant d'ennemis il affronta la rage,
La paix fut le vœu de son cœur:
Et, malgré les tyrans de l'onde,
Il aime à la donner au monde
Sous les couronnes du vainqueur.

Doux lien des mortels, paix, des mères chérie,
A ton aspect renaît l'espoir de la patrie.
L'hymen fécond nous tend les bras;
Et sous tes couleurs protectrices,
Veut réparer les sacrifices
Qu'exigea le Dieu des combats.

O surprise! ô prodige! ici se renouvelle
Le festin de Thétis; d'une jeune immortelle
Les dieux semblent former la cour.
Tout nous annonce sa présence,
Et fait éclater la puissance
Du souverain de ce séjour.

La pompe de ces lieux, leur éclat, leur richesse,
Ajoutent dans nos cœurs aux transports d'allégresse
Que font naître de si beaux nœuds.
Les destins nous seront propices;
Jaloux de voir sous tes auspices,
O Lucine, combler nos vœux.

Mais en vain l'eût prédit un oracle sévère ;
De cet hymen un fils, plus fameux que son père,
Ne paroîtra point sous les cieux.
Qu'il suive ses divins exemples;
Et prosternés en foule aux temples,
Nous en rendrons graces aux Dieux.

Quoi, toujours de la fable emprunter les emblêmes,
De temps évanouis fantatisques systêmes !
Quittons ces sentiers rebattus;
Et par des images réelles
Du Pinde effaçons les modèles,
Et ces récits qu'on ne croit plus.

Des travaux insensés, des faits imaginaires,
Un monstrueux amas de bizarres chimères
Ceignent Alcide de laurier.
O l'étrange vainqueur de Troie,
Qui ne pouvoit être la proie
Du fer ni du tranchant acier !

Quels fastes différens vient offrir à la terre,
Celui qui par ses lois nous gouverne et l'éclaire.
Des monumens tracent ses pas;
Et les montagnes applanies
Témoignent aux mers réunies
L'heureuse force de son bras.

Des peuples étonnés il surpasse l'attente.
Dans les champs des combats, à peine il se présente,
    Et déjà les Rois sont soumis.
    Comme l'astre de la lumière
    Dissipe une vapeur grossière;
    Il dissipe ses ennemis.

Qu'à ses signes vainqueurs la terre se rallie:
On la voit en tous lieux de ses œuvres remplie.
    Par lui se relève Sion;
    Et moi, témoin de ces merveilles,
    J'osai, pour un fruit de mes veilles,
    Emprunter l'éclat de son Nom.

LES MUSES
ET
MOI.

Cédant au penchant qui m'entraîne
Vers ces lieux où coule Hippocrène ;
A peine du docte séjour
J'atteignois la rive fleurie,
Que, m'écartant dans la prairie ;
Des Muses la brillante Cour
Par une faveur imprevue,
Tout à coup s'offrit à ma vue.
Vous, leur dis-je, dont à jamais
Mon cœur porte la douce chaîne;
O Muses, d'un heureux succès,
Couronnez l'espoir qui m'amène.
Puissé-je, en ces aimables lieux,
A mes vœux vous trouvant propices ;
Pour un Héros sous vos auspices,
Rendre mes sons harmonieux.

De ton Héros la Renommée
Dès long-tems brille en ce séjour,
Répondent-elles; chaque jour
Frappant notre oreille charmée,
Sur ces bords, de NAPOLÉON,
Retentit le glorieux Nom.
Et dans quels si lointains parages,
Sur quels infortunés rivages,
Ce Héros est-il inconnu ?
Mais pour lui renonce à tes veilles,
Et de célébrer ses merveilles
Sache que l'honneur nous est dû.

Soumis à cet ordre sévere,
Et sans songer, en téméraire,
A leur disputer les pinceaux;
J'osai toutefois à mon zèle
Ouvrir une route nouvelle;
Et je leur adressai ces mots :

O chastes Filles de mémoire,
Qu'un Héros si cher à la gloire,
Soit l'objet de tous vos concerts.
Puisse votre éclatant hommage
A ses yeux devenir le gage
De ceux que lui doit l'Univers !

Toi, déployant ton art céleste,
Polymnie, emprunte du geste

Et son ressort et sa chaleur.
Mais, vainement, de son génie
Ton compas, ô docte Uranie,
Voudra mesurer la hauteur.

Qu'Erato, saisissant la lyre,
Porte de son piquant délire
L'aimable trouble dans ses sens.
Que Calliope ranimée,
A l'éclat de sa renommée
Consacre ses plus fiers accens.

Qu'Euterpe, unie à Terpsychore,
Au temple où Paris les honore,
Redoublent pour lui leur travaux.
Que Thalie et que Melpomène,
En son nom viennent sur la scène
Étaler des trésors nouveaux.

Et toi, pour signaler ton zèle,
Offre nous le récit fidèle,
Clio, de ses merveilleux faits;
Mais ne vas pas, dans ta mémoire,
Chercher un rival de sa gloire,
Tu ne l'y trouveras jamais.

www.ingramcontent.com/pod-product-compliance
Lightning Source LLC
Chambersburg PA
CBHW061449170626
46811CB00005B/2433